천상의 화원

장승진 시집

천상의 화원

달아실기획시집
17

달아실

일러두기

1. 본문에서 하단의 〉는 '단락 공백 기호'로 다음 쪽에서 한 연이 새로 시작한다는 표시임.
2. 보조 용언과 합성 명사의 띄어쓰기 등 본문의 맞춤법은 시인의 의도에 따른 것임.

매일 출근하던 삶을 마치고
맞이한 인생 3막
새로운 여행의 시작에서 마주친
코로나 19 바이러스 장벽
마음의 길 떠남을 멈출 수는 없습니다

다시 찬찬히
내 삶을 들여다보고
주변을 둘러보고
길을 내다봅니다

무엇을 만날지
걱정되지 않고
설레기만 합니다
꽃 사랑 죽음 영혼 그리고 춘천
여기 있는 시들은
그렇게 들춰내본
생각들의 맨얼굴입니다

2021년 10월
강물처럼 장승진

꽃마리

1부

꽃
마
리

꽃마리

너에게
다가간다는 건
나를 조금씩 버리는 일

아주 작아
하마터면 밟힐 뻔한
가냘픈 영혼 향해

숙여 엎드린다는 건
간절히 기도하는 일

마음에 새겨 넣기 위해
허리 뻐근해진 이름

가슴에 훅 안겨들던
조그만 얼굴

동강할미꽃

이 꼴 저 꼴
다 보고
물굽이 내려다보이는
양지쪽에
주저앉았다

이 것 저 것
다 해보고
입 대신 귀부터
뻥대 끝에
활짝 열어제꼈다

발끝부터
머리까지 다 돌아
심장에 걸린 것
모다 쏟아놓고
머리 풀었다

맨드라미

벗나무 고운 잎
땅에 떨어졌다
시월의 끝자락이었다

바람에 팔랑대며
끈을 놓지 못하던
마지막 잎새였다

국화 향 가득한
어색한 추모실
남겨놓은 버찌가
맨드라미 두 송이로 피어있다

여리고 붉은
맨드라미 두 손을
꼬옥 잡아주는 일밖에
없었다 방법이

진달래

엄마는 뒷산에
참꽃이 많다고 했다
먹을 수도 있는 꽃이라 했다

그땐 모두 입술이 퍼래져서
서로를 쳐다보고 웃었다
허기를 면하니 웃음이 나왔다

황사에 미세먼지에
바이러스 공포 속에서도
발그레 웃으며 진달래 피었다

뒷산에 올라가 꽃잎을 땄다
엄마의 참꽃을 먹고 싶었다
더 커진 허기를 면하고 싶었다

먹을 수 있는지 먹힐 수 있는지
따지지 않고 숨기지도 말고
서로를 쳐다보며 웃고 싶었다

백만 송이 목련화

이 땅에
살아있는 전설된 나무 한 그루 있네

전염성 돌풍에 날아온
꼬리 감춘 거대한 간판이
꽃등 켜 들 준비하던 그녀를
순간 정수리로 내리 덮었고
그 충격 온몸으로 견디느라
목뼈엔 수많은 실금이 그어졌네

쓰러지진 않았네
붕대도 감지 않고
그해 겨울 찬바람 견디고
돌아온 훈풍에 실금마다 새 가지 돋아
숨겨둔 작은 깃발 하나씩 펼쳤네
뽀얗게 하이얀 미소였네

바람 자욱한 사월 초하룻날
강원도 춘천 오면 꼭 보아야 할

명품이 되어 선 나무 한 그루
찌들린 가슴들 향해
백만 송이 희망을 손에 손 흔드는
우아하게 우람한 나무
꿈꾸는 봄의 얼굴이 있네

경자년 봄

춥지 않은 겨울이
데려온 경자년 봄의 심술
온 세상 덮어버린 코로나 공포
마스크 뒤로
사람들 숨었네

아무 일 없는 듯
아무 일 아닌 듯
친근하게 찾아온 그대여
노오란 생강나무 꽃 피우고
목련 목울대 부풀게 하네

봄을 품은 도시 춘천
마스크 사러 허둥대다 돌아와 만난
약사천 물빛과 포근한 봄볕의 위로가
너무 호사스러워
눈물 나네

능소화

식지 않은
열정이 아직 남았나
태양의 음계를 꺼내는 사람아
길모퉁이 고목나무
칭칭 감싸 안고 돌아올라
푸른 하늘 향해 마음껏 세워 든
붉은 입술 작은 트럼펫

울어버려라
뜨겁게 울고 싶을 땐
검은 죽음 품고 부르는 노래만이
붉디붉어 가슴에 사무칠 수 있으니
잊혀진 사랑일랑 불가마에 녹여
쓰라린 명예로 남기고 싶더냐

아득한
담장 기어올라
그리운 님 향해 열어놓은 귀
죽어도 닿을 수 없어
활활 불붙어 뒹구는구나
아둔하고도
질긴 사랑이여

동백꽃

당신만을 사랑합니다
까멜리아 붉은 동백꽃
제주 사람들은 그 나무 울안에 들이지 않아요
목이 뚝뚝 떨어지는 선연한 붉음이
끔찍한 기억을 불러오기에

강원도의 노랑 동백
수줍음과 매혹의 생강나무 꽃
점순이와 내 몸뚱이 겹쳐 쓰러지던 그 속에선
정신 아찔해지는 알싸하고 향긋한 내음이 났지요

스물여덟 김유정이 아프게 바라보던
춘천 실레마을 뒷산에선 지금
돈이 되면 고아 먹고 일어나고 싶다던
닭 30마리와 살모사 구렁이 10여 마리가
노랑 동백 사이를 헤치고 다닌다지요

목련꽃차를 마시며

고귀한 것은
일찍 떨어질 운명인가
4월도 되기 전 잠깐 핀
목련이 지고 있다

움츠려 떨며 지낸 시간은 말하지 말자
뭉툭한 붓끝으로 소망을 적어
파란 하늘에 고고한 꿈을 펴던
순백의 날개여

나뭇가지 위에서 태어났기에
속절없이 뜯기고 해진 채 뒹구는
한 조각 세월이 되기 싫어
온전한 꽃봉오리로 찻잔에 들었네

막힌 코를 틔우는 청량한 향기로
다시 살아난 비련의 주인공
막막한 봄날 목련꽃차 마시며
고단한 꿈의 부활을 꿈꾸네

천상의 화원

긴 장마 끝을
잠자리 날개처럼 떠받치는 햇살 따라
인제군 인제읍 귀둔리
설악산국립공원 점봉산 분소에서
곰배골 따라 곰배령 올랐네
인제군 기린면 진동리
해발 1,164m 곰배령 정상까진
3.7km 120분 걸린다는데
정상 근처로 이어지는 물소리 때문일까
산길 옆 별처럼 떠있는 풀꽃들 손짓 때문일까
마음은 한 시간 만에 몸은 세 시간 다 되어
오를 수 있었네

거기 하늘 보고 누운
둥근 곰의 배
거기 한가득 핑크빛 둥근이질풀
흔들리는 튼튼 줄기 노랑씀바귀꽃
고려엉겅퀴 까실쑥부쟁이 노루오줌 곰취와
우아한 동자꽃 이름에 더 빛나는 눈빛승마

오르는 동안 눈길 주었던 물봉선 싸리나무꽃
그 짜릿한 떨림 색깔의 향연
하마터면 나를 잊을 뻔했네 천상의 화원에서

삶에서 만나고 부대끼는 어지러운 것들
아무것도 아니지 아무것도
언젠가 껍질 벗고 건너갈 때 만나게 된다는
밝고 순한 빛과 아름다운 꽃들 생각하면
시간은 길지도 짧지도 않아 그냥 잠깐이야
웃어봐 영혼의 고향 천상의 화원 있잖아

지상의 화원

호수가 되고자 하나
늘 들끓는 용광로 같은
내 마음 정원에 무엇을 심을까

어찌하여 내게는 불행만 찾아올까
자신이 가장 고통 중에 있다고 생각하는 이들에게*
나는 이 말을 해줄 수 있을까
네 인생에 꽃을 심을 수 있잖아
믿음의 씨앗을 뿌리고
감사의 꽃을 심고
소망의 꽃을 심는 순간부터
네 인생 꽃밭이 될 수 있는 거야
절망 가운데에 주저앉는다면
잡초로 무성한 인생이 되겠지

언제나 찾아오는 스트레스
꽃송이 선물 받듯 항상 감사
내 인생 꽃으로 세워볼 수 있잖아
활짝 웃는 꽃들 천지

여기에 만들 수 있잖아

* 바바라 존슨(Johnson, Barbara, 1927~2007)의 책 제목(원제: Pain is Inevitable but Mistery Is Optional, so Stick a Geranium in Your Hat and Be Happy!).

개개비

2부

먼
그
대

먼 그대

개개비라 치자
한때는 애틋했던
그리운 사람아

연잎 닮은 연못
연밥 위에 앉았다 날아간
한 마리 고운
개개비라 치자

앉아 종종대던
마음 갈피
남겨진 잠시의 온기
지상의 거리는
깃털 스쳐간 바람의 흔적

* 개개비: 참새목 휘파람새과에 속하는 조류.

아포카토

늘 네 이름이 생각나지 않아
달콤한 아이스크림에
쓴 커피 넣은 거 그 뭐더라?
그거 주세요라 말했지

너에게 난 뭘까
달콤한 바닐라 맛일까
그냥 뜨겁고 쓴 커피 맛일까
녹아 섞인 중간 어디쯤일까

마음이 쓰릴 때만
단 것이 당기는 난
처음 이런 조합을 생각해낸 사람을
존경하게 됐지

기억의 실이 풀려나
하늘하늘
무감하게 사라져 가는데
이태리어 의미가
빠지다 익사하다라지 아마

야속한 사람아!

그 겨울 상사화

눈이 내리네
눈 내리네
눈썹 위로 흐르는 그대 눈망울

눈이 내리네
눈 내리네
감춰진 길 위로 소곤대던 목소리

나는 여기서 무성한 잎 내고
그댄 거기서 고운 목선 꽃대 올려
우린 만나지 못하는 화사한 분홍이지

눈이 내리네
눈 내리네
휘저으며 저으며 헤매고 있네

라라랜드*

영화를 보러갔지 라라랜드
꿈꾸는 사람들 위한 별들의 도시

미완성인 채로 불타던 열정
가진 것 없어도 충만했던 영혼의 창고

영화 보고 돌아오는 밤
은하수는 구름에 가려있었지

재즈 피아노 선율 따라
탭댄스 춤사위 나비 되어 오르고

한때의 열정도 아름다운 거야
창고는 그렇게 채워지고 비워지고

부질없지 사랑의 맹세도
사는 거지 나의 북극성 따라

* 다미안 셔젤(Damien Chazelle) 감독의 뮤지컬 로맨스 영화(2016년 개봉,
  2020년 재개봉).

참깨를 볶으며

잘 씻어 물기 빼고
팬에 참깨를 볶는다
나에게 이런 날이
있을 줄 몰랐다
뭉근한 불로 끈기 있게 뒤적이니
습기가 마르는지 김이 오르고
깨알들 색깔 연해지며 움직이고
타닥타닥 소리 들리기 시작한다

솔직히 잘 몰랐었다
천천히 달아올라 뜨거워져야
비로소 고소한 냄새가 난다는 걸
센 불로 태워먹기 일쑤였거나
설익은 것도 모르고
고소하지 않다 불평만 했다

한때 서럽다 아프다
외쳤던 사랑이여
이제와 참깨 볶으며 깨닫는다

내 어리석음과 조급함을 묻어둔 채
운명이라 돌렸던 미숙함이여
미안하다 내 사랑아
고소한 냄새를 음미하려면
이 모든 과정이 필요했구나!

봄의 혀

연두색 캔버스에 산벚나무들
점점이 돋을새김한 산등성이 풍경화
가슴 뛰는 걸작의 탄생 보러
빨려가듯 닿은 그곳

공원에서 만난 꽃나무 검색해보니
때죽나무일 가능성이 높다는데
꽃 모양이 아그배나무에 가깝다고 우기다가
들어선 산중턱 산책길 가운데를
턱 막고 선 늘씬한 이가 있다
줄기는 갈참나무 비슷해 보이는데
쳐다보니 오리나무 이름표를 매단 이

순전히 바람의 촉감 탓이다
내 안에 숨어있던 날 것 충동이
미끈한 몸통을 와락 껴안았고
쓰다듬었고 눈을 감았고
쿵쿵대던 심장 소리
뻐꾸기 소리로 바뀌어 들리던 순간

내 입속에
뜨거운 혀가 훅 들어왔다

화양연화花樣年華 *

가장 아름답고 찬란한 시절은
언제 오고 가는 것인지
나도 모르게 일어나는 것인지
In the Mood for Love

키사스 키사스 키사스
Quizas Quizas Quizas **
끝없이 반복되는 선율처럼
사랑은 예쁘지도 격렬하지도 않아
떠벌릴 것도 다툴 것도 없지
그저 작은 비밀로 작은 구멍에 넣어
썩어 사라지든
익어 피어나든

영혼의 깊은 골짝에
휘파람 소리로 묻혀있다
기억의 종이배로 떠올라
잠깐씩 빛나는 건지도 몰라

** '아마도, 어쩌면'(perhaps)이란 뜻의 스페인어로 주제가처럼 냇 킹 콜의 음
   악이 흐른다.

이음줄

엊저녁
바람 불고 눈보라 쳤다고
외롭고 무서웠다고
떨리는 목소리
그 전화 타고
짠한 마음이 왔다

남쪽에
붉은 동백꽃
노란 산수유
흰 매화도 피었단다

갑분싸! 이럴 땜
커여븐 댕댕이 델코
띵작 덕질이 짱
그치?

연리지

칠십억 사람들 중
우리를 만나게 한 건
초록별 지구에서
어떤 인연이었을까
어떤 상서로움이 우리 손 이끌어
운명의 실타래로 묶어놓았을까

서로를 모른 채
다르게 살아온 세월도
거름되어 뿌리를 덥히리
아껴둔 내 순백의 정열도
새로 돋아난 푸른 가지 곁에
촉촉한 빗소리로 걸어두리
남김없이 주고받으며
서로에게 소중한 하나가 되리
변함없는 사랑나무
연리지처럼

페이스북 친구

어느 날 금방 수락한 친구가
메신저로 전화를 했네
시리아 다마스쿠스에서?
놀라서 받지 않았지
일확천금 기회를 주겠다던 문자를
예전에 받았던 기억이 떠올라
비슷한 얼굴을 피하고 있다네

읽어주길 바라는 책들처럼
새 얼굴들 올라오네
친구로 선택받거나
대기 명단에 몇 년간 머무르거나
몇 년 전 죽은 친구도
여기선 아직 살아있네!

지구촌 어디에 있든
곁에서 속삭여준다니
끊어버리기도 쉽지 않네
가끔 눈속임으로 물건을 팔거나

허튼 관심을 유도하거나
섹스를 권하기도 해서 쉽진 않지만

나는 누구에게
읽어볼 만한 책일까
얼굴을 바꿔 달며 피어나는 꽃들처럼
언제나 방긋방긋 웃어야 할까
뭐라고 끝없이 지껄여야 할까

나미비아 붉은 사막

3부

페트라 페트라

킬리만자로

풍요의 열대우림
절제의 관목 숲 지나
마침내 다다른 사막
광야에 납작 엎드린 채
별 향해 꽃 바쳐 든 에버래스팅(영원)

거기 그렇게 산이 서있다
심호흡으로 다가선 봉우리 바람 끝에서
푸른 빙하가 속삭인다
극한을 견뎌내고서야
우훌루(자유)를 만날 수 있다고

코가 땅에 닿게

코로 숨 쉬기 힘들 땐
배로 숨 쉬어야 한다 했다
섣불리 믿지 못했던 말을
해발 5천 미터 산에서 몸으로 확증했다

콧대를 높게 세운 일 있었던가
버킷리스트는 내 등을 떠밀어
킬리만자로 우훌루봉을 오르게 했고
왜 그렇게 높은 곳까지 가야 하는지
계속 따라오는 코맹맹이 질문에 시달렸다

싱그런 초록 그늘 지나면
사막이 기다리고
춥고 숨가쁜 암벽이 나타난다는 걸
맵게 가르치려 한 것일까
난 코가 땅에 닿게 숙이고 기어가듯
기어가듯 오르며 깨달았다

코는 얼굴의 가장 높은 정상이지만
정상은 땅에 닿기 위한
몸부림 외에 아무것도 아님을

옹고롱고로

아프리카 간선도로변에
드문드문 서있는
흰 자루 가득 채운 검은 것들 뭘까

세렝게티 평원에서 풀 뜯다
흠칫 놀라는 톰슨가젤들에게 묻는다
먹고살 만하냐고

먹이를 물고 있는 하이에나와
그 주변 어슬렁거리는 자칼들에게도 묻는다
외롭진 않냐고
옹고롱고로 천국 같은 분지에 갇혀 살면서도
태연하게 하품하는 사자에게도
묻는다 행복하냐고

불꽃과 연기 속에 새카맣게 구워져
팔려가길 기다리는 노점 숯덩이들처럼
우린 새카맣게 잊혀지지 않기 위해
뜬금없이 계속 묻는다

살 만하냐고
외롭진 않냐고
행복하냐고

페트라 페트라*

놀라운 것은 언제나
오래 숨어있다 나타난다
숨어 기다린 시간이 길수록
불쑥 나타난 얼굴이 화사할수록
그 전율과 비명은 강하다

깊은 골짜기에 잠들어
영영 잊혀질지라도
새겨 세우고 싶었던 꿈의 신전
장밋빛 붉은 바위를 깎고 다듬어
신에게 보이고 싶었던
지고지순至高至純

내 정신의 작은 방들을 검색하고
내 몸의 주름과 구멍들을 다 뒤져
찾아낼 수 있을까
사라져간 기억의 뒷머리를 쓰다듬어
건져 올릴 수 있을까
〉

바위 틈새 흐르는 생명수 따라
마른 바람 속 하늘 가끔 우러르며
아득하고 깊은 협곡
알 카즈네Al-Khazneh 마주했듯
그 끝에서 너를 만날 수 있다면
오 시詩여 너를 들을 수 있다면

* 요르단 남부에 있는 나바테아인(Nabataeans)이 건설한 사막 속 고대 대상
(隊商) 도시 유적. 세계문화유산에 등재된 알카즈네 신전은 페트라의 보물 창
고로 일컬어진다.

사막을 벗다

며칠을 달려가도
모래와 자갈뿐인 나미비아
붉은 사막 바람 속에 옷을 던졌다
나를 숨기고 있던
알량한 실오라기들
마침내 사막이 벌거벗었다

목말라 울부짖는 생명들 향해
살아야 한다고 소리 질렀다
땅을 박차 몇 번이고 뛰어오르며
구름의 치맛자락을 잡고 싶었다
한 그루 떨림나무로
뿌리내리고 싶었다

대지를 베고 누운 머리맡에
벌레들 다가와 끊임없이 말을 건다
천막 지붕 빗질하던 별들이
조약돌 고르듯 골라잡은 소리들 물고
날아올라 무언가를 만들고 있었다
〉

나는 기껏 옷을 벗고
구름의 소망을 발설했지만
별빛 이불 덮어 바람 자장가로
밤새 다독이던 벌레들의 기도가
신새벽 이슬로 내리고 있었다

부다페스트

서쪽의 부다와 동쪽의 페스트
다뉴브강이 붙잡고 흐른다지
밤이면 서로 잠들지 못하게 해
언제나 불야성인 서러운 강물로
뒤집어진 배 위로 흰 국화 떠다니고
눈물의 곡조가 반짝이고 있다지

나는 덜 숙성된 먹태를 안주로
퉁퉁한 팔 근육 거품 잔을 들고
캄캄했던 젊은 날의 골목을 쏘다녔지
자신을 찾으러 유람선에 올랐다
하늘로 사라진 꿈을 매만지며
기억을 씹으며 떠들고 있는 거지
덧칠된 페인트에 화내고 있는 거지

빛나던 순간들 초라해져
상관하지 않을 만큼 담대해져
강물처럼 일렁이는 얼굴들
모두 다 별거 아니라고

맥주 거품처럼 부풀어 오르는 꽃송이
단숨에 삼키며 목소리 높이지

봄 담은 부다페스트
내 눈을 오래오래 바라보고 있었지

캐나다 박 사장

'Grück Auf' 살아 돌아오라
지하 1,200미터 갱도로 내려가기 전
두 눈 질끈 감고 보아야 했던 문구
삶과 죽음은 종이 한 장 차이
고향에선 주먹깨나 썼다지만
석탄 캐는 데 소용은 없었다지

씨부럴 씨브럴 개새끼
말끝마다 욕 붙여 긴장 풀다보니
고치지 못하는 버릇되어 미안하다 웃었지
간호사로 온 부산 여자 만나
아이 낳고 돈 모아 캐나다에 정착했고
여름마다 연수 오는 선생님들 앞에서
반갑다 고향 까마귀
긴장 풀려 욕바가지 쏟아지면
백 번 베푼 친절 한 순간에 날리곤 했지

정이 넘치던 그이
나이 들어 외로운지

국제전화 오래오래 하곤 했는데
언제나 당당하던 그 표정으로
불쑥 찾아오던 고국 나들이도 뜸하더니
언젠가 돌아가셨다 소문 들리고
안부처럼 가끔
그 웃음소리 들리네

뭄바이 플라밍고

내가 보았던 인도의 뭄바이는
하늘도 땅도 칙칙한 도시였는데
파란 하늘 담은 호수 위를
긴 다리 핑크빛 홍학들이
우아하게 걷는 모습 뉴스에 나왔다
누가 세었는지 15만 마리란다

코로나 바이러스로
도시가 봉쇄되고 사람들 갇히니
새들이 행복해지고
자동차가 서고 공장이 멈추니
하늘색 바람이 시원해졌다
올핸 꽃들마저 유난히 향기롭다

앞만 보고 달리며 살아왔는데
좋은 날 좋은 시간은
내가 만드는 줄 알았는데
노력을 멈추니 몸이 살아나고
무거운 짐 내려놓으니

새 세상도 열리는구나

검은 비닐봉지 날아다니던 거리
삶의 아귀다툼이 잦아든 거대한 고요 위로
꿈결처럼 선홍색 플라밍고들 날아들고
호텔 뭄바이 끔찍한 기억을 덮고
내 가슴 플라멩코* 선율들 요동친다

* 에스파냐 남부의 안달루시아 지방에서 예부터 전해오는 민요와 춤. 격렬한 리
  듬과 동작이 특색이다.

어떤 우연에 대한 질문

오늘 난 생전 처음
생각지도 못했던
눈썹 문신을 하고 머리 파마를 했다
아침엔 파리 노틀담 사원이 불붙어
첨탑 넘어가는 장면을 꿈인 양 보았고
바로 5년 전 오늘엔
황열병 주사를 맞고 오는 길에
바다에 가라앉는 세월호 뉴스를 들었다

무수한 사건들이 오늘을 지나갔고
또 앞으로도 그러할 것이다
벚꽃 화창한 축제 같은 이날에
속절없이 보고 듣고
느낄 뿐이다

눈 감고 귀 막을 것인가
우연과 필연 사이에서 논쟁할 것인가
이른바 전문가들의 의견에 동조할 것인가
그냥 침묵할 것인가 침묵할 것인가
〉

구속받지 않을 자유를
즐기며 스스로 위로할 것인가
살아남은 자로서의 고뇌에 감사할 것인가
회개하며 반성할 것인가
술이나 마시자는 친구의 권유에
망설이는 자신을 자책할 것인가?

신은 인간에게 시련을 주지만
악마는 우리를 유혹한다*
하루하루 마주치는 성스런 일상들!

* 서양 속담.

사해에서 잠언을 듣다

의인의 길은 돋는 햇살 같아서
크게 빛나 한낮의 광명에 이르거니와
악인의 길은 어둠 같아서 그가 걸려 넘어져도
그것이 무엇인지 깨닫지 못하느리라*

들어오되 나가지 못하는 물
가장 낮은 곳으로 모여들고 증발하여
짜디짠 소금물 담겨 죽은 바다
그 바다에 누워 사람이 쓴 책을 읽는다

하늘의 소리를 직접 듣고자 하였으나
간혹 스치는 바람소리뿐
하여 하늘의 은총받은 아비가
아들에게 일러준 솔로몬의 잠언을 듣는다

물이 줄어들 듯 목마름은 점점 늘어
세상의 지혜를 얻고자 산굴로 들어간 사람이나
저자거리에서 부대끼며 외치는 사람이나
사해에 누워보면 그 짠물의 부력을 알게 되리

스올에서 건져 올린 음계의 팔딱임을

* 잠언 4장 18~19절.

코로나 바이러스 팬데믹

생육하고 번성하여 땅에 충만하라
사람을 창조하신 후에도
홍수 심판 후에도 하신 말씀
충만함은 온 땅에 흩어져 살라는 명령일까
여호와에 대한 믿음과 기쁨으로
늘 충만하게 살라는 부탁이실까

빠르게 이동하여 지구촌이 되고
평지에 모여 살며 대도시를 건설하고
글로벌 금융 공동체가 만들어졌는데
코로나 19 바이러스로
마스크 쓰고 거리두기를 해야 한다
하늘길이 끊기고 국경이 폐쇄됐다
손 자주 씻고 조심했지만
많은 이들 죽음의 공포에 휩싸였다

높은 줄 모르고 올라가던 바벨탑을
언어를 달리하여 흩어놓으셨던 것처럼
알게 모르게 쌓아온 높은 탑을

일시에 멈춰 서게 하신 건 아닐까
모이는 곳마다 바이러스를 보내
흩어놓으시는 건 아닐까

오늘따라 유난히 파아란 하늘
주님, 교만한 죄인들을 용서하소서!

갠지즈강의 일몰

4부

고
독
사

낮달

미세먼지 사라진
파란 하늘에
방패연처럼
떠있는
마스크 한 장

돌부리투성이
광야에서
도대체
어디로 가란
슬픈 신호냐

레기의 추억

큰바람 지나고
큰물 난 후 남는 것들

큰일이 지나고
큰사람 떠난 후 떠드는 것들

치매 부모 장애 자녀
해외 여행지에 버리고 사라지는 것들

예의와 법도 그렇게 따지며 살던 사람
화장장 뒷산 기슭에 그렇게 쏟아지듯

크고 좋은 것 넘쳐흘러
사랑도 존엄도 사라진 자리에

언제나
쓰레기 넘쳐난다

툭! 지워지다

오랫동안 소식 없던
지인에게서 문자가 왔다
반가운 마음에 열어보니
자녀가 보내온 것이다
휴대폰에 저장되어있던 모든 번호로
부모의 변고를 대신 보내온 것이다
고인에게 베풀어준 은혜에 감사드린다고
툭! 하나의 끈이 또 지워진다

오래 만나지 못해도
어떤 풍경 어느 이야기 끝에 떠오르는 사람
짧은 순간이지만 훅 스쳐 지나던
추억의 주마등처럼 빛나던 사람
같은 하늘 아래 숨 쉬고 있어 행복했던
언젠간 만나겠지 기대하던 사람

그 문자 이후
번호가 지워지고 이름마저 잊혀지면
파란 하늘이 구름 기억 못 하듯 지워지겠지

무의식의 어둔 창고로 가라앉겠지
지워지지 않는 편린들만 추려져
이야기가 되든 역사가 되든
툭! 사라진 인연을 위해
오늘은 독한 술 한잔하고 싶다

고 독사

그가 그에게 왔다
이름처럼 독하게 그를 물었지만
비명을 아무도 듣지 못했다

그는 오랫동안
혼자 밥 먹고 잠자고 놀았다
혼자 읽고 쓰고 주장하고
혼자 웃고
혼자 술 먹고
혼자 울었다

"몸살감기로 폐인이 되었다가
소생하고 있는 중…
이제 죽이라도 먹어야 되겠다."
3일 후에 짧게
"결국 링거주사를 한 시간 맞고 왔다"
마지막 남긴 글이었다
정확히 언제
잠긴 문을 열고 그가 들어와

힘없는 그를 물었는지 모른다
알 필요도 없어졌다
무심한 시간의 검은 모자를 눌러쓰고
그는 지금도 핏빛 고독을 찾아
끊어진 골목을 돌고 있다

사라지다

뭘 잘못했는지 모른다
그동안 찍어둔 휴대폰 속 사진들이
속절없이 사라졌다
딱히 동동거릴 장면도 생각 안 나
허망했다

초점 맞추느라 진땀 흘린
가녀린 작은 풀꽃은
카메라 속에 아직 살아있다
사실 이 꽃을 휴대폰에
옮겨놓으려다 벌어진 일이다

출간 앞둔 시집 원고
외장하드 복원 전문점들에서
불가 판정받았을 때
난 중환자실에서 실려 나온
내 시신을 보는 듯 끔찍했었다

됐다 됐다

지상에서 곧 사라질
너를 잡았으니
기억도 안 나는 추억의 강가에
널 붙잡고
나도 아직 살아있는 거다

존재의 증거

나는 나를
무엇으로 말하지?

애꿎은 손가락 펼쳐놓고
끝없이 탁본하는 사람들
휴대폰에도 지문 등록 힘들어
홍채 등록했는데
보안상 늘 불충분한
이 몸을 어이하리

난 어떤 우주에서 온 걸까
열 손가락 무늬로도 판별 안 되니
손금의 운명으로 믿으랄 수도 없고
이 땅에서 나눴던 수많은 악수와
떨리던 감촉과 축축이 땀 배던 흥분과
손 걸고 다짐한 소중한 약속들
출처 미상의 난수표가 되는 건가

아름다운 지구별 여행 마치고

언젠가 돌아가는 날
내 암호 같은 그림자 하나
손잡아 맞아줄 이에게
나는 무엇으로
나를 증거할 수 있을까?

묘비명이 필요해?

삼가 고인의 명복을 빕니다
소식 듣고 한 마디 남긴다
나만 가만있을 수 없다며
너도 나도 같은 말을 복사한다

나는 살아있고 당신들은 죽었다
가브리엘 웰즈*는 묘비명에 적었고
"당신들은 정신을 가진 육체가 아니라
육체를 가진 정신이다" 라고 죽어 매장된
자신의 육신을 보고 말했다

나의 묘비명을 누가 묻는다
나는 준비하며 살아왔나 되묻는다
살아있음에 감사합니다
육신 가진 것에 감사합니다
부끄럽지 않은 하루를 살게 되기를
나도 똑같은 기도를 복사한다

강물처럼 말랑말랑

살려고 해봤어?
훨훨 밝은 영혼으로
날아가고 싶지 않아?

* 베르나르 베르베르의 장편 소설 『죽음』의 주인공인 프랑스 인기 추리작가.

산소통

사지마비가 올 수도 있고
피떡 생겨 죽을 수도 있다는데
코로나19 AZ 백신을 맞았다
죽음이 일상이 된 오늘
차례를 못 지킨 이를 대신하여
수상한 소문들 안쪽으로 들어섰다

인도에선 장작더미 불꽃으로
영혼들 연기되어 올라가고
더 많은 살아있는 목숨들이
산소통을 구하려다 쓰러진다 했다
숨을 쉬어야 하는데 숨이 가빠요
뉴스 전하는 아나운서가
뒤돌아서며 말하는 것 같았다

뿌연 하늘 같은 마음에
슬픔과 감사의 두 개 화살이 날아든다
어깨 파고들던 따끔한 주삿바늘
길다란 산소통으로 변해있었다

욱신거리는 근육통 타고
자꾸만 들려오는 아우성
살려달라고
산소를 달라고

도로

희망이란 본래
땅 위의 길과 같은 것이라 한다*
좁은 길이 고속도로 되면
시원하겠다고 생각하던
내 젊은 날 어디로 갔나
이젠 터벅터벅 맨발로 흙길 걷기가
새로운 희망이 되었다

새 아파트단지가 들어서고
확장되는 도로 주변 건물들이 쑥쑥 올라간다
산들이 허물어지고 함바집 성업인데
새 도로가 비켜 지나간 시골 마을은
고요한 전설로 회귀 중이다
도로 때문에 희망을 잃었다는데
나에겐 잃어버린 고향을 도로 찾은 느낌이다

사방이 사막인 생각의 늪에서
맨발로 걸어 나올 빼꼼한 숨구멍 같은
신록으로 빛나는 산자락 길

길에서 길을 물으며 살았던
이 땅의 수많은 사람들이
한 뼘씩 닦아나갔던
그 자욱한 희망을 생각한다

* 루쉰 『고향』.

발

속이 더부룩할 때마다
바닥에 엎드리시며
등 좀 밟아라 하시던 아버지
어이 시원하다
그래 그래 그렇게 자근자근 밟아라
살얼음판 같은 세상 어디를 밟고 다니며
한평생 살다 가셨는지요

두엄 지고 산길 오르며
바닥을 단단히 디뎌야 미끄러지지 않는다 하시던
당신에게 산비탈밭 한 뙈기는 하늘이었겠지요
너른 세상 다니며 지금도 나는 묻습니다
어디를 어떻게 다녀야 미끌어지지 않을까요
하늘을 만날까요

발에는 눈이 없지만
가끔 티눈 들어
가는 곳 보려 하지요
가끔 세상일로 속이 더부룩해질 때면

난 등 밟아줄 믿음직한 발을 찾습니다
자근자근 밟히며 어디로 가야할지
생각해봅니다

하산 下山

정상까지
얼마나 더 가야돼요
거의 다 오셨어요
뻔한 거짓말에도
기분 나쁘지 않은데
이상하지
정상을 만끽하고 내려오는 길은
왜 지루하고 멀기만 할까

산악 사고는
하산 중에 더 많이 난다던데
돌각살 너덜경을
한없이 내려오다
나타나는 작은 오르막에
왜 짜증이 날까

땀으로 빼버리지 못하고
아직도 매달고 다니는 것들
꺼멓게 죽어가는 발톱 보며

내려놓자 내려놓자 한다
결국 내려오기 위해
오르는 거였잖아
산허리 굽어보며
얼마나 가벼워졌을까

땅에 선다는 것

바람 불지 않을 땐
홀로 움직여도
바람이 불 땐
흔들리지 않는 독활獨活

땅속에 발 넣어
온전히 몸 잠기게 하는 것
그 속에서 밥 먹고 숨 쉬는 것
꽝꽝 얼어붙은 어둠 속에서
죽지 않으려 웅크리는 것

그래야 손 내밀어
푸슬푸슬해진 흙을 짚고
부슬부슬 봄비 내리는 날
땅 위로 고개 들 수 있는 거 아냐?

땅에 서서 볼 위로
햇살 기운 받을 수 있다는 건
쉼 없는 바람과 타협 않고

자신의 향내 품을 수 있다는 건

한없이 독한 걸까
철없이 순한 걸까
홀로 자유로운
사월의 땅두릅처럼

층층나무

어느 봄날 산비탈에서 만난
층층나무 한 그루
기대를 거름 삼아 옮겨 심었는데
어느 날 거목으로 자란 층층사다리
무너져 수풀 속에 누워있었네

보기에 아름답고 먹으면 약이 되는
남다른 정원수를 무엇이 베었을까
하늘로 가는 계단을 질투한
계곡의 고요였을까
변화 없는 일상 지루함의 칼이었을까

하늘과 땅 사이 누구를
무엇을 올리기 위하여
그대는 잠시나마 존재했을까
우리는 모두 무엇을 이루기 위해
어떤 불쏘시개 되기 위해
이 한 많은 세상에 잠시나마

머물다 떠나는 것일까?

해질녘 소양강

5부

춘천막국수

춘천막국수

배고프던 시절부터 이어온 습관
고개 넘어 숨차고 외로울 때
치욕과 분노로 뜨거워진 머리를
메밀껍질 베개에 누이고 식혔지

들끓던 기대와 열정도
시원한 동치미 국물에 말아
한 그릇 뚝딱
정겨운 봉의산 시야에 들어왔고

뜨거운 것들이 밀고 올라올 땐
지금도 어김없이 경춘선 열차를 타지
소양강 물에 손 넣으면
푸시시 푸시시 불 꺼지는 소리
목울대 가득
메밀꽃 향기 채워지는 소리

약사천 산책길

물소리에 꽃이 피었네
햇살 낚시에 송사리들 몰려가네
돌다리 위에 서면
소양댐 새벽 물안개 냄새가 나지

삼십 년이나 시멘트에 갇혀
풍물시장 애환을 받아줬다지
그래선지 더 시원한 바람이 불고
내 손은 약손
배 쓰다듬어주시던
우리 할머니 생각이 나네

졸졸졸 물소리에
피어난다네 이야기꽃들
힘들어도 살 만하다고
총총걸음 어깨 기대며
불빛 따라 웃음꽃들 몰려간다네

문배마을 장 씨네

봄날 연둣빛 산색이 곱거나
푹푹 찌는 염천 아래 답답할 땐
시원한 구곡폭포 물소리 벗 삼아
문배마을 장 씨네 마당에 들고 싶다

북적이는 경춘선 열차 타고
1박 2일 강촌 가는 꿈꾸던 시절
그 청춘 설렘에 끼지 못한 채
어둔 골목길 돌아들던 기억을 데리고
단풍이 내려와 닿은 삼삼한 처마 밑
문배마을 장 씨네 골방에 들고 싶다

검봉산에서 시작된 눈보라
봉화산 쪽으로 날려 올라가는 장관을
뜨뜻한 아랫목에 발 집어넣고
바라볼 수 있다면 잘 살아온 걸까
산채 한 접시에 고추장 한 종지
추억으로 걸려있는 생의 고비까지
들기름 넣어 쓱쓱 비벼 먹을 수 있는 곳
문배마을 장 씨네 철마다 가고 싶다

소양강 스카이워크

검은 계곡과 수렁을 건너왔다
눈에 보이는 것들도 있었지만
모르고 지나쳐온 서늘한 순간도 많았다
파도 철썩이는 세상 바다
눈물 돛 올리고 건너던 기억

뻔히 보이는 위협을
모른 척할 만큼 영악해졌다
그래도 여전히 보이지 않는 적이 무섭다

모처럼 바람결 부드러운 날이라
날개를 꺼내 펴고 봄내로 날아왔다
하늘을 즈려밟듯
손잡고 걸어보는 스카이워크
당신은 든든한 기둥 위로 따라 걷고
나는 소양강물 내려다보며 걷고
보여서 괜찮다 괜찮다
새카매진 마음을 위로하고 있다

춘천 금병산

이름처럼 포근한
비단 병풍 금병산은
실레마을 감싸 안고 김유정을 키워내어
소설 속 인물들이 다 살아있다는데

들병이들 넘어오던 눈웃음길
덕돌이가 장가가던 신바람길
춘호 처가 맨발로 더덕 캐던 비탈길
도련님이 이쁜이와 만나던 수작골길
근식이가 자기 집 솥 훔치던 한숨길
장인 입에서 할아버지 소리 나오던 데릴사위길
『봄봄』 동백꽃의 점순이와 친구들이
이야기길 따라 오르내리면서
사발통문처럼 꽃들 피어난다네

노랑 동백 알싸한 향기 이어
연분홍 진달래 산허리 감고 돌고
현호색 제비꽃 산괴불주머니 애기똥풀
쪽동백 때죽나무 층층나무 꽃 필 즈음

붉은병꽃나무 사이로 금낭화 수놓는

엄마 품처럼 안기고픈 산 하나
가슴속 넣어두고 살아가고 싶다네
이야기 그치지 않는 맑은 샘 하나도
그 산 언저리 있으면 더 좋네
오늘처럼 바람 많이 부는 날은 더욱

봄봄 2021

내 사실 참 코로나 블루인가 뭔가
마스크 생활이 갑갑해서 뿐만이 아니다
산길 가생이 돌 적마다 야릇한 꽃내가
물컥물컥 코를 찌르고
머리 위에서 벌들은 가끔 붕 붕 소리를 치는데*

내 사실 참 세상 돌아가는 꼴이나
웃사람들 하는 꼴이 볼썽사나워서 뿐만이 아니다
바위틈 샘물 소리밖에 안 들리는 산골짝
봄볕이 이불 속같이 따스해 꿈꾸는 것 같은데
몸이 나른하고 가슴이 울렁울렁하고 이런기라

내 사실 참 코로나 레드인가 뭐란가
멀쩡한 지하철에서 난동 부리고
층간소음 못 참겠다 사람을 찌르는
이상한 소식 점점 많이 들려도 참았는데
봄 오면 만사형통 해결될 꺼라더니 아니네

꾸루룩 날아오르는 장끼의 뒷다리라도 움켜잡고

산등성이 뒹굴며 소리치고 싶은기라
밤낮 고분고분 병신처럼 참아야 하느냐고
구장님한테 가서 따져볼까도 하였지만
점순아 어이할꼬!
봄봄 따분한 내 신세여~

* 김유정 소설 『봄봄』 일부.

정라진 엘레지

그때 그 전당포
어디로 갔을까

친구의 일제 녹음기 받아주고
나에게 바닷가 근사한 저녁을 선물했던
노을 지던 정라진 파도 소리
불안한 미래를 감추며 시끌벅적하던
그 저녁 해삼 파티는
어느 갈매기 날개에 실려 갔을까

파도의 물굽이처럼
예측 못 할 세월의 낚시 바늘에
해삼에 생선을 덤으로 얹어주던
마음씨 좋은 해녀도 기타 소리에
두려움과 슬픔을 함께 얹어
털어내주던 사람들도
향기로운 미끼로 꿰어져
어느 고래의 뱃속에 들어있을까
〉

방파제에 수없이 부딪쳐도
평생 멍들지 않는 파도와
늙지 않고 늘 씽씽한 정라진 바람은
모든 비밀을 알고 있겠지
구름처럼 모이고 흩어지는
인생길 슬픈 노래를

오름 오름

툽툽한 몸국 한 그릇에
노곤해진 새벽 비행의 기억 눕혀놓고
등산화줄 산발로 풀어놓은 채
흰 눈 스카프 머리에 두른
한라산 올려다보았네

뽀드득 뽀드득
백록담 가득 담긴 눈이 녹으면
노루귀들 떼 지어 솟아오르고
이어 진달래 휴게소 들썩일 만큼
진달래와 철쭉이 타오를 텐데

오늘은 입산 금지 눈보라의 영지
발치께 앉아 참나무 숯덩이처럼 서있는
주상절리 부딪는 흰 파도나 볼까
아님 산방산 탄산온천 잠겨 들어
군침 도는 흑돼지구이 시식해볼거나

제주에 오를 곳 한라산뿐일까

따라비 백약이 용눈이 다랑쉬
이름도 정겨운 오름 오름
그래 누우면 안 돼 포기하면 안 돼
제주 가면 사방에 오름 오름

자구리 바다

아름드리 폭낭* 서있는 골목길 지나
그렇게 갔을 거야 그 바닷가
섶섬이 보이는 골방에 누워
내일은 게가 많이 잡힐까 생각도 했을 거야

혼자서도 가고
아이들 손잡고 아내와도 같이 가며
삶은 외롭고 서글프고 그리운 것**이라
속으로 되뇌기도 했을 거야
어쩌면 "아름답도다!"
소의 눈을 오래 들여다볼 때처럼
외쳤을 수도 있겠지

서귀포 푸른 하늘로
물고기들 비늘 번쩍이며 날아오르고
햇살 좋은 바람 속에서
아이들 게와 씨름하며 뒹구는 꿈
배가 고플수록 많이 꿨을 거야
조개껍질에 모래 담으며

뭍의 총소리도 다 잊었을 거야

두북 두북 쌓이고 철철 넘쳤을 거야
참된 숨결 같은 행복 있다면
바닷가 언덕 위 초가집 골방
중섭이네 살 부비며 살던 곳에선

* 느티나무.
** 이중섭 시 「소의 말」 부분.

아침못*

마적산 등성이 넘어온 해가
골골이 들어찬 안개를 들춰내자
백로가 깃을 펴는 소나무 숲가
아침못 흰 속살 드러났네

뜨거운 여름날 찾아온 스님에게
구두쇠로 소문난 부잣집 영감이
구정물과 쇠똥벼락으로 보시하고
고래 등 같은 기와집과 함께
하루아침에 연못이 되었다는 이곳

억척스런 사람들 구름처럼 모여들어
삽과 곡괭이 흙수레와 땀만으로
제방을 쌓아올려 저수지로 넓히고
논밭에 물을 대고 생명을 키웠다네

삼백 년 살아온 유포리 소나무
이제 옥토가 망초꽃밭 되고
다시 고래 등 같은 집터 되고

아침못 윤슬이 애처로운 비밀을
알고 있는지 물어보고 싶네

* 강원도 춘천시 신북읍 유포리에 위치한 못으로 옛날 어느 날 하루아침에 생긴
  못이란 뜻에서 "아침못"이란 이름이 붙었다고 전해진다.

검은 붕어

오미나루 건너온
신연강 백사장
물장구치며 놀던 아이들 떠나고
의암 호수 그림 같은
물의 도시 춘천
노오란 석양 속
하이얀 오리배 떠다니네

썩어가는 녹색 부유물만 아니라
사람들도 경비정도 삼켜버린
성스런 힘센 심장을 지닌
인공 수초섬이 어느 날 생기더니

엷은 캐시미어 이불처럼
호수를 밤새 덮어주던 안개를
새벽부터 속속 잡아먹는
번쩍이는 태양광 비늘 가진
커다란 검은 붕어 한 마리
전설처럼 살고 있네

아침고요수목원 교회

6부

겉옷을 벗다

그 사람

그 사람을 기다립니다

아브라함처럼 모세처럼
믿음에 꿋꿋한 사람
말씀에 순종한 사람
사명에 충직한 사람

말씀 하나 의지하여
산 위에서 배를 만들던
노아처럼
세상 눈과 귀에서 자유로운 사람

종으로 팔려 갔으나
총리에 올라 기근에서 백성 구한
요셉처럼
사자 굴에 던져졌어도
살아난 믿음의 용사 다니엘처럼

믿음과 성령과 말씀으로 무장된

세상이 흔들 수 없는 사람
그런 아이 낳고 길러줄

그 사람을 기다립니다

겉옷을 벗다

맹인 거지 바디메오 길가에 앉았다가
예수님 오신단 말 듣고
소리 질러 도움 청했네
많은 사람 꾸짖어 잠잠하라 하니
겉옷 버려두고 일어나 뛰어 나갔다네
보기 원한다고 분명히 밝혔기에
믿음 인정받고 눈을 떴다네

왕으로 오셨으나
어린 나귀 타고 겸손한 종으로
예루살렘 입성하신 예수님
호산나 찬양하며 종려나무 가지 흔들고
사람들 겉옷 벗어 땅바닥에 깔았네
그러던 그들이 겉옷 입고
조롱하고 멸시하며 침 뱉었네
죄진 사람 놓아주고 가시면류관 씌워
죄 없는 예수님 십자가에 못 박았네

겉옷 찢고 울부짖으며 기도하던

성경 속 수많은 인물들
앞 못 보고 가난한 바디메오보다
나은 것 무엇인가
채색 겉옷 벗으면 똑같이 가엾은
죄 많은 사람들

사랑하기 때문에

외삼촌의 작은 딸
라헬을 사랑했기에
야곱은 7년을 며칠같이 라반을 섬겼거늘*
수고하며 행복했지요

결혼하고 보니 큰딸 레아라
야곱이 라반에게 완전히 속았거늘
라헬을 줄 테니 7년을 더 섬기라는 말에
순종하며 7년을 더 수고했지요

사랑하기에 수고합니다
사랑하기에 행복합니다
사랑하기에 기다립니다
사랑하기에 극복합니다

주님을 사랑할 때 섬길 수 있고
야곱처럼 매일 행복할 수 있거늘
미움의 감정도 억울한 분노도
아무것도 아닌 양 가볍습니다

* 창세기 29장 20~30절.

깨끗한 그릇

가이사랴에 고넬료는
로마 이달리아 부대의 백부장
하나님을 두려워하는 경건한 사람이라 했네
어부 출신 베드로가 그를 만나러 들어올 때
종이 주인에게 대하는 것처럼
신하가 왕에게 대하는 것처럼
발 앞에 엎드려 절하였네

깜짝 놀란 베드로가 일으켜 세우며
나도 당신과 똑같은 사람이라 했는데
고넬료는 할례받지 않은 이방인이지만
겸손하며 기도하는 의인이라 칭함받은 사람
주께서 당신에게 명하신 모든 것을 듣고자
지금 하나님 앞에 있나이다 했네

베드로를 하나님의 사자로 믿기에
하나님께 하듯 엎드려 절하고
굳건한 믿음의 발판 위에
가이사랴 교회 세워 영혼 구원 터 되었으니

오늘 단에 올라 자신을 세우는 자들이여
깨끗한 그릇으로 준비되어
말씀으로 채워질 때까지 회개하라!

멍에인가 명예인가

돈과 지위
세상의 출세가 명예라 여겨질 때
멍에가 되리란 생각을 하긴 쉽지 않지
예레미아가 여호와 하나님의 입술 되어
유다왕 여호야김에게
바벨론 왕의 멍에를 메지 아니하면
칼과 기근과 전염병으로
벌을 받으리라 했을 때
믿을 수 없었겠지
믿고 싶지 않았겠지

부를 향해 목숨 거는 사람들
명예 좇아 달려가는 사람들
이왕이면 두 개를 다 차지하려 애쓰다
죽음의 계곡에 갇힌 사람들

인기는 식혜 위에 동동 뜬 밥풀 같은 것*
명예가 멍에 되어 목에 걸리는 날
그날이 오면 감당할 수 있을까

멍에가 명예로 빛날 때도 있다는데
그걸 미리 알고 가는 이가 몇이나 될까

오직 선한 청지기로 살기가
얼마나 어려운지
묵상하며 기도하네
육신의 정욕 안목의 정욕 이생의 자랑
십자가에 걸어두고
밝고 환한 길로 가게 해달라고

* 영화 〈미나리〉로 아카데미 여우조연상을 받은 윤여정이 선배 탤런트 강부자
  에게 했다는 말.

벧세메스로 가는 암소[*]

우연일까 필연일까
알 수 없지만
훗날 무릎 치게 되는 일들 있다네

언약궤만 있으면
승리할 꺼라 믿었던 어리석음이나
끝까지 인정하고 싶지 않았던
알량한 자존심이나
죄 많은 인간들이여

말도 안 되는 조건들에 매여
아무것도 모르는 암소 두 마리
젖먹이 새끼 떼어내고
메어본 적 없는 멍에 새 마차에 지운 채
가본 적 없는 벧세메스 먼 길을 가야 했다네
울면서 가야 했다네

영적 암흑 속에서
말 못 하는 짐승 통해 보여주셨던

그 마음 그 큰 사랑의 이야기를
세상의 도구로 쓰지 않게 하소서
우연의 핑계로 삼지 않게 하소서

* 사무엘상 6장 1~16절.

방주를 만들라

어느 날 기도 중에
말씀이 들려오고
사명이 주어지고
감당하기 힘든 일이라고
허황되고 미친 짓이라 주변에서 말려도
믿음으로 꿋꿋이 나아갈 수 있을까
모든 것 버려두고 오로지 뜻 따라
하나님의 방주를 만들어갈 수 있을까

순종이 제사보다 낫고
듣는 것이 숫양의 기름보다 낫다*고 했듯
번드르한 제사 차려 내 낯 세우려 말고
계산 없이 순종하라
욕심과 교만을 던져버리라
그냥 믿음으로 감당하는 것이라
주님과의 동행만으로 이룰 수 있다 했거늘

인내, 용기, 사랑을 달라 하면
하나님은 그것을 그냥 주실까

그것을 발휘하고 실천할 기회를 주실까
믿음의 언덕에 세운 교회
구원의 방주인 교회
하나님은 기회를 주신다
내 방법이 아니라 주님 방법으로
그러니 방주를 만들어라
구원의 때를 놓치지 마라!

* 사무엘상 15장 22~23절.

바벨탑을 지을 텐가

욜로(YOLO)라고 한다
You Only Live Once(인생은 한 번뿐이다)
한 번뿐인 인생 즐기면서 살자거나
미래 위해 현재를 희생하지 말자고 한다

힘들게 다니던 직장 그만두고
배낭 꾸려 여행 떠나는 젊은이가
용기 있고 부러워 보였던 적이 있다
새로운 삶의 태도 같아서
의미 있는 도전이 기대되어

내 인생은 나의 것
내가 결정하면 된다는 나만의 길로 갈꺼나
하나님 잠시 좀 비켜주시죠 현실이 급하거든요
답답한 소리 그만하시죠 바쁘거든요
인생의 길 돌고 돌아 시간 다 허비하고
후회로 가득 찰까 걱정스러운 건
무채색 노파심일까
〉

본질에서 떠날수록
말씀에서 멀어질수록
교만에 이끌리어 사탄의 성전을 쌓게 되느니
한 번뿐인 인생 말씀 따라 묵상하며
복의 근원으로 살게 하소서
내 이름 높이려는 헛된 꿈 접고
선한 청지기로 살 수 있게 하소서

룻처럼 보아스처럼

맡겨진 환경에
주어진 운명에 충실했던 여인 룻
쉽게 변심하고 팔자 고치려는
사람들 사이에서 빛났어라

재력과 명망에다 인품까지 갖춘
자상하고 후덕한 남자 보아스
겸손이 못 따르는 부자들 많은
이 세상에 우뚝 섰어라

젊지만 강인한 결단
홀로 남은 시어머니 모시는 효성이
복으로 돌아와 보아스를 만나게 했으리
한 가문을 구하려는 희생이
운명의 큰 이삭을 줍게 했으리

이방 여인을 받아
친족의 가문을 이어주려는 결단이
하나님 섭리 아래 다윗의 조상 되고

메시아의 가계를 이루었으니
품고 베풀어 돌아온 영광이여

톱풀 여린 줄기 끝에
한들거리는 분홍 꽃송이처럼
짧은 인생 덧없다 할 필요 없으리
주님 보시기에 아름답게 살면 되는 것
룻처럼 보아스처럼

항상 기뻐하라

항상 기뻐하라 쉬지 말고 기도하라
범사에 감사하라 이것이 그리스도 예수 안에서
너희를 향하신 하나님의 뜻이니라*
좋아하여 항상 생각하며 사는 말씀이지만
항상 기뻐하는 일 가장 어렵습니다

쉬지 않는 기도와 어떤 경우에라도
감사함으로 받는 마음 없이는
어찌 항상 기뻐할 수가 있을까요
변덕스런 날씨 같은 내 마음을
나도 이해할 수 없을 때가 많은데요

갈라지고 서로 믿지 못하고
모든 게 두렵고 불안한 세상에서
얼굴 근육 펴고 마음 자락 볕 잘 드는
양지 마당에 펴놓고 웃어봅니다
아랫배 힘주어 소리 내어 하하하

"주 안에서 기뻐하라 내가 다시 말하노니

기뻐하라" 바울 선생님 가르침 따라
나를 이 세상에 보내신 주 감사하며
해야 할 사명 뭘까 생각하며
힘들 때마다 마음 시계를 쾌청에 맞추고
기뻐 울고 기뻐 웃습니다

* 데살로니가전서 5장 16~18절.

태초에 말씀이 계시니라

사람은 외로운 섬
말은 섬을 이어주는 다리
하지만 넘치거나 끊어지면
생명도 떨어지게 하나니
밖을 떠돌던 양날의 칼들이
돌아와 심장에 깊숙이 박힌다

내 입에서 나온 말들이
제발 꽃이 되기를
손잡아 소중하게 그대 지켜주는
따뜻한 바람 되기를

태초에 말씀이 계시니라
이 말씀은 곧 하나님이시니라
만물이 그로 말미암아 지은 바 되었고
그 안에 생명이 있었으니
이 생명은 사람들의 빛이라

생명성에의 탐닉과 초월을 꿈꾸는
영성의 시 쓰기

박완호(시인)

1. 생명성에의 탐닉, 부활의 봄을 꿈꾸는

장승진의 시는 삶의 주변에서 마주치는 '자연/사물 존재가 지닌 생명성에의 탐닉'과 '종교적 주체인 신을 향한 초월의 욕망'이라는 두 개의 커다란 축을 중심으로 이루어진다. 시인의 눈에 비친 자연/사물은 대부분 "아주 작아 / 하마터면 밟힐 뻔한 가냘픈 영혼"(「꽃마리」)을 지닌 조그맣고 보잘것없는 것들이며, "심장에 걸린 것 / 모다 쏟아놓고 / 머리"(「동강할미꽃」) 풀어놓은 동강할미꽃처럼 생성의 시간이 아니라 소멸 또는 조락의 순간을 마주하고 서 있는, 아프고 고단하기 짝이 없는 생명 존재들이다.

너에게
다가간다는 건
나를 조금씩 버리는 일

아주 작아
하마터면 밟힐 뻔한
가냘픈 영혼 향해

숙여 엎드린다는 건
간절히 기도하는 일

마음에 새겨 넣기 위해
허리 뻐근해진 이름

가슴에 훅 안겨들던
조그만 얼굴
―「꽃마리」전문

국화 향 가득한
어색한 추모실
남겨놓은 버찌가
맨드라미 두 송이로 피어있다

여리고 붉은
맨드라미 두 손을
꼬옥 잡아주는 일밖에
없었다 방법이
―「맨드라미」 부분

이 꼴 저 꼴
다 보고
물굽이 내려다보이는
양지쪽에
주저앉았다

이 것 저 것
다 해보고
입 대신 귀부터
뺑대 끝에
활짝 열어제꼈다

발끝부터
머리까지 다 돌아
심장에 걸린 것

모다 쏟아놓고
머리 풀었다
— 「동강할미꽃」 전문

"국화 향 가득한 / 어색한 추모실"(「맨드라미」)이 환기
하는 자리는 가냘프기 짝이 없는 한 생명 존재가 갑작스레
들이닥친 고비 앞에서 맥없이 주저앉고 만 생의 끝자락이
며, 그런 존재의 '여리고 붉은 두 손을 꼬옥 잡아주는' 화
자의 따뜻한 손길은 장승진 시의 바탕에 깔린 생명성에의
탐닉과 "바람에 팔랑대며 / 끈을 놓지 못하던 마지막 잎
새" 같은 존재를 향한 연민의 정서 및 부활의 봄을 꿈꾸는
태도와 긴밀하게 연결되어 있다. 작고 가냘픈 영혼을 지닌
생명에게로 가까이 다가간다는 것은 어떤 의미에서 "나를
조금씩 버리는 일"(「꽃마리」)이며, 그쪽을 바라보며 "간절
히 기도하는 일"이라는 것을 깨달은 화자의 눈길을 끌어
당기는 "바이러스 공포 속에서도 / 발그레 웃으며"(「진달
래」) 핀 진달래나 "찌들린 가슴들 향해 / 백만 송이 희망을
손에 손 흐드는"(「백만 송이 목련화」) 목련화는 '전염성
돌풍'에 시달리는 고달픈 현실 속에서도 부활의 꿈을 잃지
않고 살아가는 '봄의 얼굴들'이다. 호사스러운 '봄볕의 위
로'처럼 환한 속내를 품고 다가오는 그런 존재들과 순간
순간 마주쳐 가며 그는 "고단한 꿈의 부활을" 노래한다.

개개비라 치자
한때는 애틋했던
그리운 사람아

연잎 닮은 연못
연밥 위에 앉았다 날아간
한 마리 고운
개개비라 치자

앉아 종종대던
마음 갈피
남겨진 잠시의 온기
지상의 거리는
깃털 스쳐 간 바람의 흔적
　―「먼 그대」 전문

　자연 생명 속에 내포된 의미들을 하나하나 짚어내며 시
들지 않는 부활의 꿈을 노래하는 시인의 섬세한 손짓에
는 "깃털 스쳐 간 바람의 흔적"(「먼 그대」)처럼 마음 갈피
에 남겨진 "한때는 애틋했던" 누군가를 향한 그리움의 정
서가 깃들어 있다. 이름이 생각나지 않는 어떤 이를 떠올
리며 문득 "너에게 난 뭘까"(「아포카토」) 하고 궁금해하

는 '나'는 아직 "눈썹 위로 흐르는 그대 눈망울"과 "감춰진 길 위로 소곤대는 목소리"를 잊지 않고 있지만, 우리는 "만나지 못하는 화사한 분홍"(「그 겨울 상사화」)처럼 아스라한 기억 속에서만 마주치는 그리운 존재들이다. "한때 서럽다 아프다 / 외쳤던 사랑"이었지만 이제 와 참깨를 볶으며 "고소한 냄새를 음미하려면 / 이 모든 과정이 필요"(「참깨를 볶으며」)하다는 걸 알아차린 화자의 목소리에는 지닌 것을 "남김없이 주고받으며 / 서로에게 소중한 하나가"(「연리지」) 되는 사랑 나무를 꿈꾸는 '순백의 정열'이 운명의 실타래처럼 질긴 인연의 무늬로 아로새겨져 있는 것이다.

장승진 시의 중요한 특징 가운데 하나인 생명성에의 탐닉은 주변에서 마주치는 수많은 자연/사물과의 친밀감을 토대로 이루어지는데, 이는 자연 속에 포함된 인간 존재의 본질을 깨닫는 데서 오는 '자연-인간'의 합일(동화)에서 우러나는 일체감이라기보다는 시인의 상상력에 의해 인격화된 사물 존재와 화자 사이에 형성되는 인간적 교감의 형태로 표현된다. 그렇듯 그의 눈에 비친 자연/사물들은 단순히 생명 존재에 머물지 않고 시적 상상력과 결합한 인격화의 과정을 거쳐 인간화된 존재들이라고 할 수 있으며, 시인은 인간화된 자연/사물 존재와 화자 사이의 친밀한 교감을 바탕으로 생명성에 대한 탐닉이라는 깊이 있는 주제를 자신의 언어로 형상화하는 것이다.

2. 초월을 꿈꾸는 영성의 시 쓰기

기독교 신앙을 바탕으로 한 영성의 언어를 통해 신에게 한 발짝 더 가까이 다가서고자 하는 장승진 시인에게 있어 시를 쓰는 행위란 성서에 뿌리를 둔 기도의 성격을 띠는 것이며, 자신이 발 딛고 살아가는 세상에 질문을 던져가며 '이곳'에서의 삶이 지닌 의미와 가치를 되새기고자 하는 태도와 맞닿아 있다. 그가 꿈꾸는 참된 신앙의 모습은 아브라함, 모세, 노아, 요셉처럼 "믿음과 성령과 말씀으로 무장"하여 "세상의 눈과 귀에서 자유로운 사람, 세상이 흔들 수 없는 사람"(「그 사람」)이 되어 신의 뜻에 순종하면서 "깨끗한 그릇으로 준비되어 / 말씀으로 채워질 때까지 회개"(「깨끗한 그릇」)해가며 "육신의 정욕 안목의 정욕 이생의 자랑 / 십자가에 걸어두고 / 밝고 환한 길"(「멍에인가 명예인가」)을 걸어가기 위해 매 순간 기도하는 삶을 살아가는 것이다. 6부에 실린 작품들을 중심으로 펼쳐지는 그러한 영성의 시 쓰기는 각주에 달린 성경 구절에 내포된 의미맥락과 결합하여 진지한 종교시의 모습으로 나타난다.

그 사람을 기다립니다

아브라함처럼 모세처럼
믿음에 꿋꿋한 사람
말씀에 순종한 사람
사명에 충직한 사람

말씀 하나 의지하여
산 위에서 배를 만들던
노아처럼
세상 눈과 귀에서 자유로운 사람

종으로 팔려 갔으나
총리에 올라 기근에서 백성 구한
요셉처럼
사자 굴에 던져졌어도
살아난 믿음의 용사 다니엘처럼

믿음과 성령과 말씀으로 무장된
세상이 흔들 수 없는 사람
그런 아이 낳고 길러줄

그 사람을 기다립니다
—「그 사람」전문

오늘 난 생전 처음
생각지도 못했던
눈썹 문신을 하고 머리 파마를 했다
아침엔 파리 노틀담 사원이 불붙어
첨탑 넘어가는 장면을 꿈인 양 보았고
바로 5년 전 오늘엔
황열병 주사를 맞고 오는 길에
바다에 가라앉는 세월호 뉴스를 들었다

무수한 사건들이 오늘을 지나갔고
또 앞으로도 그러할 것이다
벚꽃 화창한 축제 같은 이날에
속절없이 보고 듣고
느낄 뿐이다

눈 감고 귀 막을 것인가
우연과 필연 사이에서 논쟁할 것인가
이른바 전문가들의 의견에 동조할 것인가
그냥 침묵할 것인가 침묵할 것인가

구속받지 않을 자유를
즐기며 스스로 위로할 것인가
살아남은 자로서의 고뇌에 감사할 것인가
회개하며 반성할 것인가
술이나 마시자는 친구의 권유에
망설이는 자신을 자책할 것인가?

신은 인간에게 시련을 주지만
악마는 우리를 유혹한다*
하루하루 마주치는 성스런 일상들!
―「어떤 우연에 대한 질문」 전문

그가 펼쳐 보이는 영성의 시 쓰기는 초월적 세계를 향
한 추구에만 머물지 않고 세월호 사건이나 코로나19 팬
데믹 같은 우리가 살아가는 세상에서 벌어지는 일들과 관
련한 질문을 던져가며 자신이 발 딛고 서 있는 사회현실
의 문제를 되짚어보면서 사회현상의 이면에 숨겨진 의미
맥락을 파악해내려는 태도와 연결되어 있다. 하지만 '지
금 이곳'에서 발생하는 크고 작은 사건들이 필연적으로
발생하는 게 아니라 우연히 생겨나는 것으로 보는 화자의
생각은 현상의 근본적 원인을 찾아내어 해결하려는 적극

적인 행동으로 나아가는 대신 "무수한 사건들이 오늘을 지나갔고 / 또 앞으로도 그러할 것이다"라는 판단과 더불어 그것들을 "속절없이 보고 듣고 / 느낄 뿐"인 소극적인 모습으로 그려진다. 그것은 "신은 인간에게 시련을 주지만 / 악마는 우리를 유혹한다 / 하루하루 마주치는 성스런 일상들!"(「어떤 우연에 대한 질문들」)이라는 표현에 드러나듯 어느 순간 모든 것을 '신앙'의 형태로 귀결짓는 삶의 자세에서 비롯되는 것이다. 그것을 두고 어느 것이 옳고 그른가를 따지는 것은 무의미하다. 적극적인 실천을 통해 세속의 문제를 직접 해결하려는 태도와 깊이 있는 종교적 성찰을 통해 더 높은 차원에 도달하고자 하는 태도를 하나의 기준을 가지고 평가할 수는 없기 때문이다. 무엇보다 중요한 것은 두 자아가 서 있는 자리가 본질적인 차이를 지닌다는 사실이다. '이곳'이 아닌 '저 너머'를 향해 고개를 돌리는 화자의 눈에 비친 자연/사물 존재들은 "……그 자릿한 떨림 색깔의 향연 / 하마터면 나를 잊을 뻔했네"(「천상의 화원」)에서 보듯 자아와의 일체감—여기서 '나'를 잊을 뻔했다는 표현은 자아와 자연 존재 사이의 친밀(일체)감을 담아낸 것으로, 부정적 맥락에서의 망각이라는 의미보다는 긍정적 맥락에서의 '나'와 '너'를 분별하지 못한다는 의미로 읽어내야 할 것이다—을 획득하고 있으며, "……믿음의 씨앗을 뿌리고 / 감사의 꽃을 심고 / 소망의 꽃을 심는 순간부터 / 네 인생 꽃밭이 될 수 있는 거야 / 절망 가운데에 주저앉는다면 / 잡초로 무성한 인생이 되겠지"(「지상의 화원」)라는 표현에 나타나듯, 매사에 순종하고 살아 있음에 감사드리며 "부끄럽지 않은 하루를 살게 되기를"(「묘비명이 필요해?」) 기도하는 신앙인의 마음가짐을 드러내기에 적합한 것들이다. 그에게 있어 "코로나19 바이러스로 / 마스크 쓰고 거리두기를 해야"(「코로나 바이러스 팬데믹」)만 하는 현실의 고통은 '교만한 죄인'들이 '알게 모르게 쌓아온 높은 탑을 일시에 멈춰 서게' 하려는 신의 뜻으로 받아들여지는 것이다. 당연하게도 시인은, 성스러움과 세속적인 것 사이의 문지방을 수시로 들락거리며 양쪽의 경계를 끊임없이 두리번거리기보다는 성스러운 세계 쪽으로 두 발을 밀어 넣으며 자기 삶의 모든 순간을 신의 손길이 이끄는 대로 살아가려는 종교적 사유를 자신의 언어로 담아내려 한다. 그러한 영성의 시 쓰기는 장승진의 언어가 지니는 커다란 특징으로 파악된다.

3. 춘천, 공간의 기억에 스며 있는 시의 언어

시인이라면 누구나 고향을 포함해서 자신이 살아가는 삶의 공간을 시로 써내고자 하는 마음을 갖고 있을 것이다. 장승진 시인에게 있어 '춘천'은 과거와 현재, 미래의 기억이 공존하는 삶의 공간이자 시의 우물이라고 할 수 있다. "배고프던 시절부터 이어온 습관"을 떠올리며 "들 끓던 기대와 열정도 / 시원한 동치미 국물에 말아"(「춘천 막국수」) 막국수 한 그릇을 뚝딱 해치우고, "뜨거운 것들이 밀고 올라올 땐 / 지금도 어김없이 경춘선 열차를 타"는 화자는 소양강 물에 손을 넣으며 메밀꽃 향기 채워지는 소리를 듣거나 "시원한 구곡폭포 물소리 벗 삼아 / 문 배마을 장 씨네 마당에"(「문배마을 장 씨네」) 들고 싶어하며, "실레마을 감싸 안고 김유정을 키워"(「춘천 금병산」)낸 '비단 병풍 금병산'을 가슴속에 넣어두고 살아가고자 하는 인간 존재로, 어떤 특별한 공간을 마음속에 품고 소박한 꿈을 꾸며 살아가는 평범한 사람들 가운데 하나이다. 춘천이라는 이름의, 남다른 의미를 지니는 특정 공간을 시로 담아낸 장승진의 언어가 자아내는 자연의 아름다움과 소박한 웃음을 주고받으며 살아가는 사람들의 표정 속에는 오래된 삶의 애환과 "추억으로 걸려있는 생의 고비까지 / 들기름 넣어 쓱쓱 비벼 먹을 수 있는" 정겨움이 환한 주름살처럼 새겨져 있다.

봄날 연둣빛 산색이 곱거나
푹푹 찌는 염천 아래 답답할 땐
시원한 구곡폭포 물소리 벗 삼아

문배마을 장 씨네 마당에 들고 싶다

북적이는 경춘선 열차 타고
1박 2일 강촌 가는 꿈꾸던 시절
그 청춘 설렘에 끼지 못한 채
어둔 골목길 돌아들던 기억을 데리고
단풍이 내려와 닿은 삼삼한 처마 밑
문배마을 장 씨네 골방에 들고 싶다

검봉산에서 시작된 눈보라
봉화산 쪽으로 날려 올라가는 장관을
뜨뜻한 아랫목에 발 집어넣고
바라볼 수 있다면 잘 살아온 걸까
산채 한 접시에 고추장 한 종지
추억으로 걸려있는 생의 고비까지
들기름 넣어 쓱쓱 비벼 먹을 수 있는 곳
문배마을 장 씨네 철마다 가고 싶다
―「문배마을 장 씨네」 전문

배고프던 시절부터 이어온 습관
고개 넘어 숨차고 외로울 때
치욕과 분노로 뜨거워진 머리를

메밀껍질 베개에 누이고 식혔지

들끓던 기대와 열정도
시원한 동치미 국물에 말아
한 그릇 뚝딱
정겨운 봉의산 시야에 들어왔고

뜨거운 것들이 밀고 올라올 땐
지금도 어김없이 경춘선 열차를 타지
소양강 물에 손 넣으면
푸시시 푸시시 불 꺼지는 소리
목울대 가득
메밀꽃 향기 채워지는 소리
―「춘천막국수」전문

나는 누구에게
읽어볼 만한 책일까
얼굴을 바꿔 달며 피어나는 꽃들처럼
언제나 방긋방긋 웃어야 할까
뭐라고 끝없이 지껄여야 할까
―「페이스북 친구」부분

아름다운 지구별 여행 마치고
언젠가 돌아가는 날
내 암호 같은 그림자 하나
손잡아 맞아줄 이에게
나는 무엇으로
나를 증거할 수 있을까?
　　　―「존재의 증거」 부분

　시인에게 있어 시를 쓴다는 것은 언젠가 세상을 떠나고
난 후에도 자신이 '이곳'에 존재했음을 모두에게 드러내
는 일이며, 그것을 통해 자신의 존재 가치를 확인하고자
하는 의미심장한 작업이다. 자기 자신에게 "나는 무엇으
로 / 나를 증거할 수 있을까?"(「존재의 증거」)라는 질문
을 계속해서 던지는 가운데 '詩'라는 하나뿐인 답을 찾아
가며, "나는 누구에게 / 읽어볼 만한 책일까?"(「페이스북
친구」) 하고 순간순간 궁금해하면서도 어떻게든 시를 붙
들고 삶의 끝까지 다다르고자 하는 한결같은 마음가짐이
야말로 세상 모든 시인이 꿈꾸는 게 아닐까?
　자연/사물 존재들을 연민 가득한 눈길로 마주하며 부
활의 봄을 꿈꾸는 자세를 바탕으로 하는 생명성에의 탐
닉, 뿌리 깊은 신앙심에서 비롯되는 진지한 종교적 성찰

과 '저 너머'를 향한 초월의 정신을 담아낸 장승진의 시들은 무엇보다도 안정감 있는 언어 표현 속에 내포된 시인 특유의 한결같은 삶의 태도가 크게 돋보인다. 그가 이번 시집을 뛰어넘어 새로 마주치게 될 시의 지점을 기대해보기로 한다.

천상의 화원

1판 1쇄 발행	2021년 10월 15일
지은이	장승진
발행인	윤미소
발행처	(주)달아실출판사
책임편집	박제영
디자인	전형근
마케팅	배상휘
법률자문	김용진
주소	강원도 춘천시 춘천로 257, 2층
전화	033-241-7661
팩스	033-241-7662
이메일	dalasilmoongo@naver.com
출판등록	2016년 12월 30일 제494호